ロングシーズン

増補版

Long Season

佐藤伸治詩集

河出書房新社

ロングシーズン　目次

2

A PIECE OF FUTURE

A Piece Of Future

A Piece Of Future　A Piece Of Future

テーブルの向こう側で座っていた君は
僕のたったひとつだけの未来のカケラ

A Piece Of Future　A Piece Of Future

Future
Future

ロングシーズン

1

Walkin’

ぼくらは歩く　ただそんだけ
何にも食べないで　ただそんだけだよ
誰かが言ってるよ　何それ
だけども　歩くよ　それだけよ

12時45分　駅前の店で
10年ぶりみたいな態度で笑って
二人背筋を伸ばして　足をくるくる回して
これからどこへ
Walkin’

ぼくらは歩く　いいとこだけ
何にも考えない　いいとこだけだよ
誰かが言ってるよ　何それ
だけども　しょうがないよ　それだけよ

15時45分　ベンチにすわって
10円玉で買ったコークを飲み干して
街行く人に　文句をつけて
指さしながら
Walkin’

23時45分　石段の上は
20本目のビールがコロコロ転がる
二人背筋を伸ばして　いれたらいいね
あしたはどこへ
Walkin’

23時45分　石段の上で
20本目のビールでフラフラしちゃって
ちょっと　素敵な気分で
ずっと　素敵なままで
明日はどこへ
Walkin'

チャンス

Let's get　欲しいものなんて
そんなにないよ　何にもないよ
サンドウィッチ　口につめこんで
あなたが来るのを　僕は待っているよ

左のジャブ　胸に突き刺さる
あなたの足音　近づいてくるたびに
Shining eyes　光ってるのさ
ビー玉みたいな　きれいな眼だよ

未来のことも　明日のことも
そんなもん何にも　わかりゃしないよ

ねえ教えて今　あなたのこと　急いで　急いでよ　ねぇ
だって今は　恋の予感だよ
でも答えはまだ見つけられない　急いで　急いでよ　ねぇ
だって今は　チャンスを待ってる

難しいこと言ってる　わかったような顔してる
財産8割歩いてる　大きなスタンス歩いてる
きらいな言葉　言わないから好きさ
タバコを立ててすわないから好きさ
いっしょうけんめい話すから好きさ
わかったような顔しないから好きさ
自分の言葉で話すから好きさ
悪口ばかり言ってるから好きさ
ただ　ただ楽しい　あなたが好きさ
暗い僕を盛り上げるからね

なんてったの

眠りの国から覚めた僕は　だらしなく歩く
あの娘はささやく　何か僕に
でも何もわからないよ

今なんて　僕に言ったの？
今なんて　僕に言ったの？

ふりかえったらさ　君は見てたよ　ずっと昔の顔で
甘い気持ちも　風も残して　僕を見つめてる
そんなまなざしが　時を止めてくれる

あの娘はつぶやく　だれた街で　さえわたったセリフ

新しい気持ち　つめたままで
僕に投げてくれる

また何か　僕に聞かせて
また何か　僕に教えて

君と見つけた　今年の夏は　新しい風さ
こんな気持ちは　逃がしやしない
秋風にのせて　連れてゆきたいよ
ずっと遠くまで

いなごが飛んでいる

遊びに来たのさ　遊びに来たのさ
yeah yeah yeah!　yeah yeah yeah!
たまには休みなよ　たまには休みなよ
yeah yeah yeah!　yeah yeah yeah!

Lady!　走っているのさ
君からのメッセージが欲しいから
Lady!　わかっているのさ
テーブルの上のピーナッツの意味を
久しぶりのHoliday　君とのHoliday
平和なHoliday　僕はいつもひまでぇい

ya ya ya ……　いなごが飛んでるのさ
ya ya ya ……　空を見ろよ

電話をかけても　いつもきまって留守番電話

Lady!　走っているのさ
君からのメッセージが欲しいから
Lady!　わかっているのさ
テーブルの上のピーナッツの意味を
久しぶりの Holiday　君との Holiday
平和な Holiday　僕はいつも

久しぶりの Holiday　君との Holiday
平和な Holiday　僕はいつもひまでぇい

ひこうき

いまもうかぶあの空を
2人して見てた
飛行機ぼんやりとんでって
2人して見上げていたのね

君の話もあの空にとんでってていった
飛行機ぼんやり絵をかいて
青い空汚していたのね

2人の物語は　いつでもあの日のまま
いくつもの時がたっても
消えない飛行機雲も　あの日のままだよ

こんどもここでずっと会える

いまもうかぶあの空も
消えないで待ってる
飛行機こっそり追ってきて
2人して見上げていたのね

2人の物語は　いつでもあの日のまま
いくつもの時がたっても
消えない飛行機雲も　あの日のままだよ
こんどもここでずっと会える

ブーン　ブーン　ブーン　ブーン　ブーン　ブーン
ビルのむこうに
ブーン　ブーン　ブーン　ブーン　ブーン　ブーン
とんでった

100ミリちょっとの

笑いを忘れた恋人たちには
新しい明日が見えてくる
涼しい顔した2人の気持ちは
今もゆっくり進むのさ

待ちぼうけのあの人の手紙がくるころは
僕ら　もう　霧の中　きれいだね　きれいだね　ホラ

100ミリだけのカラッポを離さないでおくれ
ただボンヤリある空を
メチャクチャにぬりかえて

消えてく笑顔をぶら下げてさ
遠くの場所まで行くのだろう
涼しい顔した２人の気持ちは
今もゆっくり進むのさ

100年過ぎたらきっと浮かびあがるだろう
100ミリだけのカラッポを離さないでおくれ
今ボンヤリある空を
メチャクチャにぬりかえて
今よりもずっときれいな
七色の光で

誰かを捜そう

だから
誰かを捜そう　誰かを捜そう

恋多き年頃なんだよ　難しい年頃なんだよ
だけど　気の合う人はそんないないないんだよ
世の中はきびしいもんだよ

だから
誰かを捜そう　誰かを捜そう

インチキ野郎が多過ぎて
街カドでつまずきそうだよ

だから　気の合う場所を見つけた夜は
朝までダラダラしてしまいそうだよ

だけど乾いた風は　流れてこないんだよ
僕の所には流れてこないんだよ

だから
誰かを捜そう　誰かを捜そう

偽善者が歩いてるんだよ
ナチュラリストが歩いてるんだよ

だから
誰かを捜そう　誰かを捜そう

ごきげんはいかがですか

ごきげんはいかがですか
あの人は　元気ですか
さめた眼で　笑う　あの人は

ラジオ　好きな　ラジオ　好きな
あの人は
いつもニヤけたあの人は
カエルみたく　ないて　いました

Yeah Yeah 会うことのないあの人
Yeah Yeah いつまでも遠いあの人
　　　　　いつまでも遠いあの人

会うことのない……

Little Flapper

いつも怒ってるのさ　かわいいカバンもキスも捨てちゃって
あんたは甘い奴だと　ツバを飛ばして言うんだよ
3年過ぎたら　きっときっとやってやるさと
言っていたのは　あなたの方じゃないですか

Little Flapper　意気込んでみせてよ
Little Flapper　wow wow wow
Little Flapper　忘れものしたのかい
Little Flapper

いつも決まってるのさ　はずかしいこともしてるよ
大きなカバンを持って　でかいことをね　やるんだと

30過ぎたら　きっときっと帰ってくると
言っていたのは　あなたの方じゃないですか

Little Flapper　意気込んでみせてよ
Little Flapper　wow wow wow
Little Flapper　忘れものしたのかい
Little Flapper

Last song is ringing for you
Last song is Last song is
でかいこと言ってるあなたに
Last song is Last song is
最後にひとつだけ
Last song is ringing for you …

It’s Be Alright

あの娘はとても気取ってるから
あの娘はいつも疲れてるのさ

僕はいつも眠ってる
朝日がとびこむ　おいしい朝だよ

あの娘が　帰るころには
僕は夢から　さめるだろう

It’s Be Alright　It’s Be Alright
It’s Be Alright　It’s Be Alright

あの娘が　帰るころには
僕は夢から　さめるだろう
そう　なるだろう

It’s Be Alright　It’s Be Alright
It’s Be Alright　It’s Be Alright

ダイビング

ダイビング　プールへ　ダイビング
スイミング　伸びるクロールで
こんな暑い日は　ダイビング

ハンバーグ

ハンバーグ喰いたいねえ　ウーン　そう思うね
ハンバーグ喰いたいねえ　ウーン　そりゃそうだ
おやつはキットカット　決まりだね！

シーフードレストラン

奴のマンションを燃やせ
赤い炎だ　燃やせ

ソッと近づいて
カチッと火をつけて
燃えさかるファイヤーで
魚食べよう

シーフードレストラン
シーフードレストラン

明日はどこにしようかな???

ちょっとぜいたくしちゃおうかな

ガソリンふりかけて
燃えさかるファイヤーで
とびきりの伊勢エビ
焼いて食べよう

シーフードレストラン
シーフードレストラン

ミネラルウォーター

冷たいシャワー　冷たいシャワー
冷たいシャワー　冷たいシャワー

降り注ぐシャワー　降り注ぐシャワー
降り注ぐシャワー　降り注ぐシャワー

浴びに行こうよ　浴びに行こうよ

ミネラルウォーター　ミネラルウォーター
ミネラルウォーター　ミネラルウォーター

飲みに行こうよ　飲みに行こうよ
飲みに行こうよ　また今夜もね

犬も連れて　犬も連れて　犬もいっしょに
犬も連れて　犬も連れて　犬も連れて
犬も連れて　犬も連れて　犬もいっしょに
犬も連れて　犬もしょって　犬もしょって　ねえ

君だけがダイヤモンド

君だけが　ダイヤモンドさ
嘘だけど

ひっくりかえってた2人

ひっくりかえってた2人……

ある晴れた夏の日に
くだらない映画をみた
おちも何もない映画をみてさ
笑いころげてた　あの夏の日だよ

とびらをあけたら　外は大雨で
しぶきをあげる　コンクリート
地下の通路に　ひびきわたる
かみなりの音を　何度も聞いて

ひっくりかえってた2人……

大声がこだまする
悲鳴をあげる女をみて　みて
おちも何にもない映画みたいでさ
とてもおかしかった　あの夏の日だよ

歩きつづけた　暗い夜のまち
雨でぬれた　ガードレールで
さえない　売れない　コメディアンみたいに
くだらないギャグを　3度もやって……

時の流れは　とても早すぎて
まぶたを横切る　そんな今日一日
駅へと向かう　ぬれた横断歩道で
左の肩に　パンチをいれて

ひっくりかえってた２人……

ひっくりかえってた２人

　　　あの夏の午後に

ひっくりかえってた２人

　　　くだらない映画をみてさ

ひっくりかえってた２人

　　　悲鳴をあげる女の声で

ひっくりかえってた２人

　　　今日一日を思い出して

ひっくりかえってた２人

　　　水平チョップをきめて

ひっくりかえってた２人

　　　あの　あの暑い夏の午後

Future

Future　見えない午後をあなたに
Future　消えそなライトがキラリ

忘れた頃にやってくる　あなたは未来の王様みたいに
ひとり離れて　浮かんでるよ
ひと言何か　僕に言いたそうに

息も切れそうに　走るなら
眠ってた方がましよ　スイッチを消してよねえ

Future　見えない午後をあなたに
Future　いらないなんて言うなよ

切れない空　ゆれる雲　あなたは未来の王様みたいに
ひとり離れて　浮かんでるよ
ひと言何か　言いたそうに

高速回転廻るなら
回転木馬くらいでいいよ　スイッチを入れてよねえ

そんなFuture……

だれにもかぎられない　そんなFuture
だれにも邪魔されない　そんなFuture
そんなFuture……

そ　ん　な…

救われる気持ち

陽のあたった窓から見ていた君は
幸せな顔してる　とても楽しいよ
退屈な午後には　そんな想いが
ゆらゆらと揺れていて　救ってくれる

物語の流れは　いつもそっと消えて
振りむいた瞬間　何も見えないよ

何度でも見てたこの絵
つかまえたい

Blue Summer

去年の今頃のことさ
笑って見せてくれた

夏はいつもの大騒ぎで
僕たちは　大間違い

Blue Summer　Blue Summer　Blue Summer

君は夢をもってたねぇ
君の夢はどこへ消えたの

Blue Summer　Blue Summer　Blue Summer

つぶる君が踊るように
笑って消えてった
あの夏の夜、夜……

Blue Summer　Blue Summer　Blue Summer

影ドロボウ

君は悲しい顔で　何を見ていたの
君は悲しい顔で　何を見ていたの
何をそんなに困った顔で遠くを見てたの

君は変わった人さ　僕は知ってるよ
君は変わった人さ　僕は知ってるよ
何もそんなに困ることないよ
そんなのやめなよ

君はなんとかやれるよ
君はなんとかやれるよ
ちょっぴり曲がった君は

とっても素敵だよ

だれもが素直さ愛する
だれもがやさしさを信じる
わけじゃない

君は悲しい顔で　何を考えてたの
君は悲しい顔で　何を考えてたの
何もそんなに困ることないよ
そんなのやめなよ

君はなんとかやれるよ
君はなんとかやれるよ
ちょっぴり曲がった君は
とっても素敵だよ

君は変わりゃしない
いくら悩んでも
君は変わりゃしない
いくら悩んでも

早くあきらめなよ
早くあきらめなよ
早くあきらめなよ
早くあきらめなよ

雨男憎まれる

待ってなよ　明日の朝まで
待ってなよ　あとちょっとだけだよ
待ってなよ　あと6時間で
待ってな　待ってな　待ってなよ

2人で出かけようよ
久しぶり休みだよ
大きな顔して　ねえ

舟遊び　球遊び
磯遊び　水遊び
さんざん詰め込み　ねえ

出かけましょう

待ってなよ　明日の朝まで
待ってなよ　あとちょっとだけ
待ってなよ　あと6時間で
待ってな　待ってな　待ってなよ

今度こそ　平気だよ
ウソつきじゃないんだ
大舟にのったつもりでさあ
出かけましょう

でも明日は雨ふり
たぶん明日は雨ふり
きっと明日は雨ふり
約束は　雨ふり

いつも待ってるのさ
僕を待ってるのさ
雨男は泣く
雨男憎まれる

Special Night

僕は毎日疲れています　wow wow…
だけど今夜は酔いしれてます　wow wow…

洗ったシャツ　アイロンかけて
新しいおはなしが始まるのね

だって今夜は２人の　今夜は陽気なSpecial Night
今夜久しぶり…

仕事に疲れたあの娘がわらうよ　wow wow…
毎日毎晩踊ってかせぐの　wow wow…

軽いステップでJumpin'
今日はとってもはしゃいでいるんだね
だって今夜は2人の　今夜は陽気なSpecial Night
今夜は歌うよ…

軽いステップでJumpin'
今日はとってもはしゃいでいるんだね
だって今夜は2人の　今夜は陽気なSpecial Night
今夜は歌うよSpecial Night
今夜は飲もうねSpecial Night

Go Go Clubですれ違い

秋風ソロリ　そよいだ街で　２人浮かない顔してる
目と目がずれて　そして言葉も通じない　重い空気　シチュエイション
強くてしょうがない　疲れてたまらない　つもりつもったフラストレイション
破られたルール　つまらないバカンス　狂いはじめた　２人のバランス

僕はあんたとうまくできないよ
ヘタな芝居はやめにしようね
そうじ洗たく　大好きなのさ
僕の部屋はきれいだよ

男はだまって柱のように　男はだまって引張り込んでほしいわ

だけど　軽いジョークも飛ばしてみてよ　いかしたセリフも決めてみてよ
She wants to me so light　She wants to me so light
She wants to me so light　She wants to me so light……

僕はあんたとうまくできないよ
ヘタな芝居はやめにしようね
カラカラ笑いは　いけないことさ
ホラホラ　あなたを呼んでるよ

そして Go Go Club じゃ無法者たちが
腕をふりまわしてるのさ
そしてゴールドのリングとはちきれそうなTシャツ
いつもエバってるのさ

ピアノ

ピアノが欲しくなったら　何をすればいい
ピアノが欲しくなったら　どこへいけばいい
ピアノが欲しくなったら　君は逃げられない
ピアノが欲しくなったら　何もできないよ
Ah　ピアノ

君の欲望のすべてが見えるよ　何も隠さないで僕に聴かせなよ
何でそんな風にとぼけているの
何でそんな風に落ち着いていられるの
Ah　ピアノ

あきらめもせずに眠りについた　あなたのもとにしのび寄ってくる

ピアノがねえ呼んでるんだよ　淋しそうな顔で
音楽が夢の中まで追い続けてくる

ピアノが欲しくなったら　君は落ち着かないよ
ピアノが欲しくなったら　何もできないよ
Ah　ピアノ

あきらめもせずに眠りについた　あなたのもとにしのび寄ってくる
ピアノがねえ呼んでるんだよ　淋しそうな顔で
音楽が夢の中まで追い続けてくる

ピアノがねえ歩いてきたら　腕まくりをして
鍵盤をたたき続けて　朝が来るんだよ

いい言葉ちょうだい

いい言葉僕にちょうだい
いい言葉僕にちょうだい
いい言葉僕にちょうだい
上手く眠れるように
いいことばかりをちょうだい
明日笑えるように

悲しい気分だから　電話かけたのさ
またいつかするからね
元気で……
おやすみ Bye Bye Bye　Bye Bye Bye
Bye Bye Bye　Bye Bye Bye

悲しい気分だから　想っていたのさ
またいつか会えるよね
元気で……
おやすみ Bye Bye Bye　Bye Bye Bye
Bye Bye Bye　Bye Bye Bye

いい言葉僕にちょうだい
いい言葉僕にちょうだい
いい言葉僕にちょうだい
上手く眠れるように
いいことばかりをちょうだい
明日笑えるように

むらさきの空から

寒い夜はね　だれにも会わないよ
まるで死んだヒョウのようにね
眠り続けて

寒い夜はね　君にも会わないよ
でんわで小言　言うだけだよ
眠り続けて

ひとりで行きなよ　悲しくなっても
ひとりで行きなよ　遠くの方まで
君がねらうあの時まで

寒い夜はね　寒い夜はね
遠くから　見つめるよ

寒い夜はね　むらさきの空にねえ
無駄話が　浮かぶよ

寒い夜はね　寒い夜はね
泣き虫も笑えるよ

寒い夜はね　遠い空からね
君だけを呼んでいるよ

頼りない天使

遠い夜空の向こうまで連れてってよ
あの娘の天使のとこまで　連れてってよ

サヨナラ　さめた時よ
あの娘が僕を呼んでいたから
終わりさ　もう終わりだよ
今日からは　２人ぼっち
やさしい天使が降りてきたら
きっと　あの娘は喜ぶさ

なんて不思議な話だろう
こんな世界のまん中で

僕が頼りだなんてね

あの娘は　僕に言うさ
天使は　今来ますって
本当さ　ウソじゃないんだよ
未来はねえ　明るいって
あの娘の信じた確かな気持ちは
きっと僕を変えるだろう

なんて素敵な話だろう
こんな確かなことが
今もそばにあるなんて

なんて素敵な話だろう
こんな世界のまん中で
僕ら２人ぼっち

2

静かな朝

太陽は僕の上　見上げれば汗がでるぜ
気分は今でも晴れ　まぶしいこの体さ

まったく気持ちいいさあ　この朝のこの感じ
まったくおかしいよね　このまわりに見る

走ってる子供　しゃべってる声
パパの笑い　ママの嘆き
景色は止まる　太陽は赤
5月の空　わけもなくきれい

リンリン　Hey　鐘が鳴ってるぜ

リンリン　Hey　雲が止まってるぜ
Everybody Talkin'
Everybody Stop

まったく気持ちいいさあ　この朝のこの時が
まったくおかしいよね　この街の中

走ってる子供　しゃべってる声
小さな幸せ　ペンキのにおい
バッタバッタゆれる　青いトタン屋根
風がふく　風がふく
狭い世界で　生きてる人に
あいさつをかわし　時は過ぎ去る
いいこともなく　悪くもない
どうでもいい　この静かな時を

世界で一番　頼れる人に
世界で一番　よく寝る人に
Hey　投げ込んであげたいぜ

RUNNING MAN

晴れた日は　君を誘うのさ
晴れた日は　君を連れ出すのさ

遠くへ急ぐ君を　遠くへ急ぐ君を見たくて
走ってゆくよ　走ってゆくよ

君が僕を　呼んだのさ
でっかい声で　呼んだのさ
君が僕を　呼んだのさ

晴れた日は君を　遊ぶのさ
晴れた日はまるめて　遊ぶのさ

寝っころがったりするのさ　タバコをすったりするのさ
紅茶を飲んだりするのさ　そう　つまらないのさ

西陽のさしてたあの日　西陽のさしてたあの日
いつもの調子の２人　いつもの感じの２人

西陽のさしてたあの日　西陽のさしてたあの日
世界は僕のものなのさ

太平洋

2人は大金持ちで
浮世離れ暮らしているのさ
いわゆる自由ってヤツさ
頭の中フラフラ
もう夏が来るのかねえ

アメリカでも行って
サーフボード小脇に抱えて
フラフラしちゃって
沖までボードで出かけて
バナナでもかじって
たまにはシャケでもつかまえて

青空を見上げて
太平洋ひとっとびしませんか
しませんか～

Smilin’ Days, Summer Holiday

Smilin’ Days, Summer Holiday　この世のいいこと
Sunny Day, Summer Holiday　みんな集めて

君にもあげる　その手の中　頭を休めて
ただそれだけを　ただただ　楽しもうぜ

Smilin’ Days, Summer Holiday　とってもいい感じ
Sunny Day, Summer Holiday　これしかないのさ

子犬と子供　よくわかる仲間
あの外人みたいな髪型で
きっと　同じことを考えてるぜ

Smilin' Days, Snmmer Holiday　この世のふふこと

パラダイス

広いソファーの上で2人
大事なことを話し合うのさ
君は背伸びで外を見つめて
ひどく大きな落とし物に気付く

スゴイダンスを踊ってみせて
目の覚めるような　スゴイダンスを
とりもどせないなくした何かを
みつけだすような　スゴイダンスを

楽しいことなんて　そんなにありゃしないから

街の空気は流れつづける
２人の街は遠い世界へ
赤いベンチも乾いた空も
「わかりました」と消えてゆくのさ

楽しいことさえも　忘れた僕だよ

パラダイス　パラダイス
時の流れに押しつぶされて
パラダイス　パラダイス
広いソファーの上で考え
パラダイス　パラダイス
僕はこれからどこへ行くの
パラダイス　パラダイス
気が付いたらもどれない

Thank You

Thank You　Thank You　for my life
Thank You　Thank You　for my life

静かに暮らそうぜ
バナナ　メロン　バナナ　メロン　バナナ　メロン
かじって
so fruit time

今は何もする時じゃないよ
今は何もする時じゃないよ
今は何もする時じゃないよ
この静けさが力をくれる

Thank You　Thank You　for my life
It's a lovely fruit time

Thank You　Thank You　for my life
Thank You　Thank You　for my life
Thank You　Thank You　for my life

Thank You

Go Go Round This World!

La La La

もう　いいよ　歩き出そうよ
ゆっくり進む　秋の日差しを
この体で　グッと　感じようぜい

La La La

いったい　いくつの時を
過ごして来たの
60年70年80年前の感じ
本当に確かだったのは

いったい　何でしょうねえ
時の流れは　本当もウソも　つくから

TU TU TU　歩き出そうよ

こんなに　強い日差しは今も
ふりそそぐ

この景色の中をずっと　2人でまわろうぜ
この景色の中をずっと
この景色の中をずっと　2人で歩こうぜ
このゆううつな顔もきっと　笑顔に変えようぜ

この景色の中をずっと
この景色の中をずっと
このゆううつな顔もきっと　笑顔に変えようぜ

気分

マンションの隅のドアの前
君と話をする
学生気分も抜けて　髪も伸びたね
２人で歩いてた夜は　また少し変わったようさ
笑いの主人公たちも　急ぎ足で逃げてく

アーこの国の気分は
変わりすぎて疲れるぜ
２人のメロディー隠したまま
胸の奥で鳴っている

さんざん無理して手に入れたこの歌は

世界の果てが見えても
止まりはしないさ

勇気のカケラも見せずに　死ぬのは誰ですか
大きな声も出さずに　死ぬのは誰ですか
勇気のカケラも見せずに

MY LIFE

今はいいよ My Life　もうすぐさ　悲しい顔の僕らのこと
迎えに来るんだ　きっと　大きな風　迎えにくる
声を出したまま　あわてずに　もう少し

あー涙じゃ何も片づかない
焦らずに大きな答えを出す
歌う　小さな My Life 続いてる　oh yeah
いつも　ゆれてる My Life　初めての言葉を吐く

雨は降ってたけど　今は笑ってた
明日はどうでもよかった　今は笑ってた

そんな風さ My Life　風が吹けば　未来が笑う
今にわかるんだ　こんな時が幸せっていう怪物だって
ホラね見てごらん　君も今　輝ける時

もう知識はいらない　何もわからなくても

今はいいよ　My Life　楽しいさ　大きな声　世界をまわる
声を張り上げて歌うよ　ふるいたってる　あなたのために

声を張り上げて歌うよ

今はいいよ My Life

MELODY

MUSIC COM’ON ROCKERS!

よく日の当たる　この部屋では　音楽はマジックを呼ぶ
地上７ｍ　この部屋では　太陽は人を変えるよ

MUSIC COM’ON ROCKERS　僕に
MELODY 暗いメロディー　ずっと

窓からカッと　飛び込んだ光で　頭がカチッと鳴って
20年前に　見てたような　何もない世界が見えた
すぐに終わる幸せさ　すぐに終わる喜びさ
なんでこんなに悲しいんだろう

あと2時間だけ夢を見させて
ホコリと光のすごいごちそう
ゆれるテンポの中で　見たこともない顔を見せる
君は今も今のままだね

流れるミュージック　暗いメロディー　君がくれたメッセージ
見えてる景色　窓枠どおりの　エンピツでかいたみたいな
流れるミュージック　暗いメロディー　ホコリの匂いのする
見えてる景色　窓枠どおりの

忘れちゃうひととき

Free Time　忘れちゃうひととき
Free Time　いとしい人

用もなく　用もなく　歩く　このひととき
言葉にならないで　いつもどっかいっちゃうんだよ
Free Time　何もないひととき
Free Time　そばにいる人

用もなく　用もなく　のぞきこむ君の顔
言葉にならないで　いつもニッと笑うんだよ

Hot Fun In The Funny Face
Hot Fun In The Funny Face

Feeling Nice Feeling Nice　突然のひとときを
だれも止めないで　いつも　いい気にさせておくれ

Free Time　忘れちゃうひととき
Free Time　いとしい人

ずっと前に観たような　木の茂ってる
B級映画のようさ

Hot Fun In The Funny Face
Hot Fun In The Funny Face

僕は何も見たくない

今は何も見えやしないよ
僕は何も見たくない
今は何もない

帰り道

長い旅路を終えた人は　どこへ帰るの？
行く時はだまってた
行く時は時がつぶれてた

帰り道のさみしさのそのわけを
帰り道のさみしさのそのわけを　そのわけを
教えてよ　教えてよ　教えてよ

帰り道はずいぶん長い気がする

帰り道の　さみしさのそのわけを
帰り道の　さみしさのそのわけを　そのわけを

教えてよ　教えてよ　教えてよ
こぼす涙は　いつでも冗談まじりなのかいねえ？

感謝（驚）

楽しかった時が終わって　気づいてみたら　さみしい人だった
寄り添う肩も　頼りにならないで　裏切ったような気分だった

なぐさめもなく　やさしさもなく　そっと過ぎてく季節を
はしゃがないで見守ってた　あの人に驚きと感謝込めて
歌うだけだった　そう全部

正しくもない　ウソつきじゃないよ　そう全部
指切りしない　近道しないよ　そう全部

夏休みが終わったみたいな顔した僕を　ただただ君は見てた

人影もなく　あこがれもなく　そっと過ぎてく季節を
はしゃがないで　見守ってたあの人に　驚きと感謝込めて
見てただけだった　そう全部

正しくもない　ウソつきじゃないよ　そう全部
指切りしない　あこがれじゃないよ　そう全部
正しくはない　近道しないよ　そう全部
正しくもない　ウソつきじゃないよ　そう全部

驚きと感謝込めて

スー・パー

消えてく太陽にサヨナラ
あー今日も1日が終わったよ
たくさんのタバコをすって　たくさんの空気をはいて
スー・パー　スー・パー
スー・パー　ススッーパー
あー今日も充分じゃないの
今日もよくやったよ
今日もよくやったよ

疲れない人

疲れない人を呼んでるさ　疲れない人を待ってるさ
疲れない君を呼んでるさ　疲れない君を待ってるさ

星空の　きれいに光るこの街へ
君の顔を見に来たのさ　ゆっくり　ゆっくり　歩きながら

あせらずに　ゆっくり　時は過ぎるから
君の顔を見てたのさ　太ったタバコ　くわえながら

疲れない人を呼んでるさ　疲れない人を待ってるさ
疲れない君を呼んでるさ　疲れない君を待ってるさ

難しい顔は　もういらない
眠たそうに笑ってる君に　拍手を送るのさ

疲れない人を呼んでるさ　疲れない人を待ってるさ
疲れない君を呼んでるさ　疲れない君を待ってるさ

疲れない人を呼んでるさ　疲れない人を待ってるさ
疲れない君を呼んでるさ　疲れない君を待ってるさ

呼んでるさ　呼んでるさ

Just Thing

気の合う人に　また会いにゆけば
心も晴れるし　心も閉じる
気の合う人に　また会いにゆけば
心も晴れるし　心も閉じる

喜びはいつも　とっておこうね
幸せは何気に　手に入れようね
くたばる前にそっと　消えようね
あきあきする前に　帰ろうね

喜びはいつも　とっておこうね

幸せは何気に　手に入れようね
くたばる前にそっと　消えようね
あきあきする前に　帰ろうね

Oh Just Thing
Just Thing
Just Thing
Just Thing

エヴリデイ・エヴリナイト

エヴリデイ・エヴリナイト
エヴリデイ・エヴリナイト

ただよう毎日の　そのわけを
目を細めて　見てみれば
僕たち2人　うまく行くさ
この目でグッと　つかまえよう

エヴリデイ・エヴリナイト
エヴリデイ・エヴリナイト
さあこの目でグッとつかまえて　おこうね

空には風が　吹き荒れてても
だれもがいつも　知らん顔してるから

しっかり僕をつかまえて
その胸でグッとつかまえて
あなたが僕をつかまえて
この時をグッとつかまえて
ねえホラ　いつでも　わかるように
その目でホラ　いつでも　わかるように

いかれたBaby

悲しい時に　浮かぶのは　いつでも君の　顔だったよ
悲しい時に　笑うのは　いつでも君の　ことだったよ

人はいつでも　見えない力が　必要だったり　してるから
悲しい夜を　見かけたら　君のことを　思い出すのさ

窓の　外には　光る　星空
君は見えない魔法を投げた
僕の見えない所で投げた
そんな　気がしたよ

素敵な君はBaby　いかれた僕のBaby

夜のスキマにKiss　投げてよ
月夜の晩のBaby　いかれた君はBaby

素敵な君はBaby　いかれた僕のBaby
夜のスキマにKiss　投げてよ
ゆううつな時もBaby　いかれた君はBaby

悲しい時に　浮かぶのは　いつでも君の　顔だったよ
悲しい時に　笑うのは　いつでも君の　ことだったよ

夜の想い

ずっと待ってるぜ　長い髪の王女様
カミナリみたいに落ちてくる
君のことだけをボクは見てるようだよ

ARE YOU STANDING?

静まり返った午前3時　この街の中は何がある?
誰もが小さないい夢　見ようとして生きてるさ
誰もが調子のいい夢　見て過ごしているよ

I Walk...

Hey Baby　調子はどうだい？

動き出してるこの空　走り出してる白い犬
動き出してるこの空　走り出した白い犬
明日は何があるのかね　あなたは誰に会うのかね
明日は何があるのかね　あなたはどこにいるの？

Hey Baby　調子はどうだい？
Hey Baby　いいことあるかい？

ずっと待ってるぜ

3

IN THE FLIGHT

4つ階段を駆け上がってドアをあけてのぞきこめば
その眠たそうな空気が好きだ
調子が良ければいいね　そんな気配を感じたなら
陽気におじゃまもできるさ

ドアの外で思ったんだ　あと10年たったら
なんでもできそうな気がするって
でもやっぱりそんなのウソさ
やっぱり何も出来ないよ
僕はいつまでも何も出来ないだろう
空に寄りかかって　2人の全てを頼って

どこまでも飛んで行く
いつでも僕らをヨロシク頼むよ

IN THE FLIGHT　IN THE FLIGHT
IN THE FLIGHT　IN THE FLIGHT

POKKA POKKA

心の揺れを静めるために静かな顔をするんだ
真赤な眼で空を見上げて静かな顔をするんだ

眠ってる人を思い出すんだ
眠ってる人はみんな好きだから
眠ってる君を思い出すんだ
眠ってる顔が一番好きだから

ポッカリあいた心の穴を少しずつ埋めてゆくんだ
ぼんやりきまった空に君を大きく思い描いて

ぼんやりしてればいいことありそうな

気もするし気もしないしわからないけど
さみしい時に泣ければいい
だれかにだけやさしけりゃいい
明日に頼らず暮らせればいい
だれかにだけしか見せない
そんな笑顔があればいいのさ

Weather Report

東京地方に大雨が降り続けて
部屋の中に居続けることもあるさ
まるで魚になった気分だよ
まるで水槽の中の魚
まるで泳がない魚

台風の夜は風が吹き続けて
紙ふぶきをまきちらすこともあるさ
風にのっかってね　風にのっかってね
紙ひこうきをとばし続けることもあるさ
なんだか夢のあることだと信じてます

風が吹き続けて　いつもここにいるよ
何かいいことがなかったっけなあ　何か

風を止めたいなあ　どっか遠くへ行きたいなあ
風を呼びたいなあ　このままこうしてもいたいなあ

東京地方に青空が広がって
春なのに25度を超えていこうとするような時もあるさ
あるさ
なんだかそれはデート日和なんだ

風が吹き続けて　いつもここにいるよ
何かいいことがあったはずさ
風が吹き続けて　いつもここにいるよ
だれかがいつもそばにいたはずさあ

幸せ者

置物みたいな　ひま人あるじが　店の中で座ってる
何かを見てるさ　一生懸命　アー

みんなが夢中になって　暮らしているさ
みんなが夢中になって　暮らしているさ
ホラネー

この世の不幸は全ての不安
この世の不幸は感情操作とウソ笑いで
別に何でもいいのさ

みんなが夢中になって　暮らしていれば

みんなが夢中になって　暮らしていれば
別に何でもいいのさ

彼女のことだけを　よく知っている
そして音楽が胸の中でいつでも鳴っている

彼女のことだけを　よく知っている
そしていつだって夢の中まで追いかけてくる

そんな感じでいい　そんな感じでいい

SUNNY BLUE

息を切らして歩いてる　あの娘の瞳が　SUNNY BLUE
朝日が眼にしみるんだ　でも　ゆううつになんかならない

SUNNY BLUE　SUNNY BLUE

真夏が迎えに来たんだ　寝ぼけまなこの中
何にもわかってなかった　こんなにそばにいるのに
ふりむけば今も10倍の愛しき人

悲しくなれるままに　光を浴び続けて
悲しくなれるままに

夜にはいいことあるんだ　夜にはいいことあるんだ
やさしい気分になるんだ
心のドアを開くんだ　あの娘のドアをたたくんだ
心のドアを開くんだ

息を切らして歩いてる　あの娘の瞳が　SUNNY BLUE
無口な顔をするんだ　でもゆううつになんかならない
SUNNY BLUE　SUNNY BLUE

SLOW DAYS

Oh Summer Sunset Past The View In The Slow Days
Orange Days, Orange Sky In The Slow Days

長い　長い　夏休みは　終わりそうで終わらないんだ
別人になる　夢を見る　子供の頃の顔をする
Oh Yeah　思い出は淡く淡く積み重なって
Oh Yeah　僕らを決めつけたりする

Oh Summer Sunset　夕焼け空　オレンジ色したまんまる
ドラマつまった　語りすぎた　調子のいいあの色さ

Oh Yeah　ナイーヴな気持ちなんかにゃならない

Oh Yeah　人生は大げさなものじゃない

何も減らない毎日に　ボクらはスッとするのさ
水平線の向こうから　昔と同じ音がする　アー

こんな毎日を　だるそうに過ごしている
この毎日に　とりあえず文句つける

うしろ姿

表情豊かな犬と人を連れて　歩きまわる夏

そのしぐさにやられて　その笑顔にやられて
そのしぐさにやられて　やられて

時にはちょっと歩きすぎちゃう
時にはなんだかおかしくなっちゃう
アー　２人は先にいっちゃった

君と犬を連れて　ずっと歩き続けるかもしれない
そのよく似たうしろ姿　ずっと見ながら

ふりむかないで　ふりむかないで　ふりむかないで
うしろ姿　さみしくていいさ
そんなにいい顔することもないよ
みんなが元気にやってくれるよ
Hey!

さよならを言ったりおはようって言ったり
おやすみを言ったり
犬と遊んだり2人だけで歩いたり
何も言わず話したり　Hey!
そんなことを言いながら
また明日だね
また明日だね

DAY DREAM

夕日の中で静かな顔で立ってた
あの人
無防備な顔して
ぼんやりとぼんやりと
ぼんやりとぼんやりと
立ってた

あの姿が君の全て
あの姿が君の全て
全て

DAY DREAM　DAY DREAM

DAY DREAM　DAY DREAM
DAY DREAM　DAY DREAM
DAY DREAM　DAY DREAM

死ぬほど楽しい　毎日なんて
まっぴらゴメンだよ
暗い顔して　2人でいっしょに
雲でも見ていたい
夕日の中で
夕日の中で

SEASON

夕暮れ時を二人で走ってゆく
風を呼んで　君を呼んで
東京の街のスミからスミまで
僕ら半分　夢の中

バックミラーから落っこちて行くのは
うれしいような　さみしいような
風邪薬でやられちまったみたいな
そんな　そんな　気分で

走ってる　走ってる　走ってる　走ってる

くちずさむ歌はなんだい？
思い出すことはなんだい？

忙しくて　会えないねえ　だんだん暑くなってくよ
こんな季節を遊びたい　君をそばにおいて
風を呼んで　風を呼んで　君をそばに呼んで
季節の中を走りぬけて　もうすぐ秋だね

GET ROUND IN THE SEASON

夕暮れ時を二人で走ってゆく
風を呼んで　君を呼んで
東京の街のスミからスミまで
僕ら半分　夢の中

GET ROUND IN THE SEASON

I DUB FISH

I dub fish
Return to river. Return to sea

I am a fish, returning to the river
It's been a while, for this fish,
old and sodded
But I must carry on,
for I bear children
to lay in these calm waters
Amongst the fellow fish
that hatch and pray
Some stay in the river

and some go out to sea
To keep this cycle in motion
I must go on
go on
go on
go on

私は河に戻る
このやつれて老い耄れた身には久しぶりでつらい
でも、この澄んだ水の中に　お腹の子供たちを産み落とさなければいけない。
彼らもいずれ　いろんな魚たちといっしょに暮らしていくだろう
海へいくものもいれば、川に残るのもいるだろう
私はがんばらなきゃいけない　この動きを止めちゃいけない　行かなければ……
Return to river

MAGIC LOVE

MAGIC LOVE　MAGIC LOVE
MAGIC LOVE　MAGIC LOVE

だれかとだれかがどこかで2人出会ったら
小さな小さな祝福の灯がともって
そして小さな時間の輪がまわり
小さな想いがかけまわって
ひとりでそうかとうなずくんだ

胸がかゆいほどに騒ぐ夜もあるさ
ほんのささいな言葉　思い出して
ひとりでそうかとうなずくんだ

つながりはいつもそこさ　心ふるわす瞬間さ
つながりはいつもそこさ　心ふるわす瞬間さ

MAGIC LOVE　MAGIC LOVE
MAGIC LOVE　MAGIC LOVE

輝ける笑顔　彼女の笑顔を
作り出したのはボクだったかもしれないし
天気のせいだったかもしれない

ゆらめきIN THE AIR

ゆらめき IN THE AIR　ゆらゆら IN THE AIR
何度もおんなじ話をしてる　さっきとおんなじ
夕暮れがやってこない　夕暮れがやってこない

ボクらのみつけた　偶然の空
夕暮れがやってこない　夕暮れがやってこない
Ah–　やってこない

僕らは２人で手をつないで　ずっとずっと歩いていった
僕らは２人で手をつないで　時には甘い夢を見た
夜には２人で手をつないで　とってもたくさんサヨナラを言った

目をつぶってあなたを思い出せば
僕の知らない　知らない　君がいた

とっても気持ちいい朝だったら　君の暗い夜は消える
とってもステキな朝だったら　Ah-

君が今日も消えてなけりゃいいな
また今日も消えてなけりゃいいな
君が今日も消えてなけりゃいいな
また今日も消えてなけりゃいいな
IN THE AIR　IN THE AIR

ゆらめき IN THE AIR　ゆらゆら IN THE AIR

ずっと前

彼女の暮らしは今　始まってる
ずっとそばにいて　大きなソファーベッドにヨコになって

いつもそばにいる幸せは
ある意味そんなもんで　ある意味ひとりぼっちなものなんだよ

窓から夜のすきまを　見つめる　あの娘はさぁ
とってもとっても　静かな部屋に　今ではひとりで住んでます

冷たい夜はさぁ　目の前かけぬけて　彼女の孤独を
そっと　ノックするんだ　トトン　トトン　トトン
あー元気ですか

いくつもの季節がすぎさって年をとっていく
きのうのことさえも　ずっと昔みたいに

あの娘が笑ってるよ　あざけ笑うようにねぇ
何でもよく覚えてる　あの娘が笑ってるよ
とっても　とっても　さみしそうに笑ってるよ
捨て犬みたいにさみしい目をしてる

孤独な影をしょったままで　夜は更けてゆく
キラキラ輝く幻みたいな　夢を見る
でもねえ　忘れちゃったよ　忘れちゃったよ

BABY BLUE

真白い君の肩を抱きながら
何を言えばいいのかわからない僕だったよ

知ることもなく　消えては浮かぶ君との影　すぎていく影
意味なんかない　意味なんかない
今にも僕は泣きそうだよ

このまま連れてってよ　僕だけを連れてってよ
どこまでも連れてってよ

君とだけ2人落ちていく　BABY, IT'S BLUE
友達もいなくなって　BABY, IT'S BLUE

夕暮れの君の影を追いかけながら
今のこのままで　止まっちまいたい　そんな僕さ

今日が終わっても　明日がきて　長くはかなく　日々は続くさ
意味なんかない　意味なんかない
今にも僕は泣きそうだよ

このまま連れてってよ　僕だけを連れてってよ
遠くへ連れてってよ

君とだけ2人落ちていく　BABY, IT'S BLUE
友達もいなくなって　BABY, IT'S BLUE
誰よりも　大好きだった　BABY, IT'S BLUE

WALKING IN THE RHYTHM

WALKING IN THE RHYTHM
WALKING IN THE RHYTHM

歩くスピード落としていくつかの願いを信じて
冷たいこの道の上を　歌うように　歌うように歩きたい

楽しいことだけ知りたいね　いつかの君を呼び出して
冷たいこの道の上を
まわるようにまわるように歩きたい
Yeah!
WALKING IN THE RHYTHM
この胸のリズムを信じて

WALKING IN THE RHYTHM
歌うように歌うように歩きたい
WALKING IN THE RHYTHM
WALKING IN THE RHTYHM

それはただの気分さ

夜の終わりに　その頂上で腰をおろして
弱りきった声で　話を聞かせて

Ah-
想い忘れてたことがあったから
みんなの哀しい御好意に疲れたから
君の一番疲れた顔が見たい
誰にも会いたくない顔のそばにいたい
それはただの気分さ　それはただの想いさ
それはただの気分さ　それはただの想いさ

それは今の気分さ　それは今の想いさ
それはただの気分さ　それはただの想いさ

すばらしくて NICE CHOICE

すばらしく　NICE CHOICE な瞬間
そっと運命に出会い　運命に笑う
そんな時はいつでも　暑かったんだ
まるで溶けそうなトローントローンの天気だったよ

時には気分　時にはスマイル
時にはロマンス　時には空
時にはトリップ　時にはトラベル
この上から　魔物が落ちてくる

目的は何もしないでいること
そっと背泳ぎ決めて　浮かんでいたいの

行動はいつもそのためにおこす
そっと運命に出会い　運命に笑う
そっと運命に出会い　運命に笑う

あーやられそうだよ　なんだかやられそうだよ
もう溶けそうだよ

すばらしく　NICE CHOICE な瞬間
そっと運命に出会い　運命に笑う
そんな時はいつでも　暑かったんだ
この空だけがいつだって味方だったんだ
そっと運命に出会い　運命に笑う
そっと運命に出会い　運命に笑う

バックビートにのっかって

終わらない夜に　Ready Go
バックビートにのっかって
他人の夢でも見てみたい
重いまぶたにのっかって

不安が夜の宙を舞って
きっと誰かをだめにしてる
あの娘は今も愛を放って
小犬みたいに眠ってる

Everyday is watching you
Everyday is watching you　きみを誰かがよんでるぜ

Everyday is watching you
Everyday is watching you

Good night tomorrow　Good night tomorrow
Good night tomorrow　Good night tomorrow

世田谷の空はとても狭くて
弾け出すにはなにか足りない
あの娘は今も愛を放って
バックビートにゆられてく

Everyday is watching you
Everyday is watching you　きみが誰かをささえてるぜ
Everyday is watching you
Everyday is watching you

ふたりは今も秋晴れで
だらしないほど続いてく
あしたの夢など何もなくて
バックビートにのっかって

バックビートにのっかって
バックビートにのっかって

ナイトクルージング

UP&DOWN　UP&DOWN　SLOW FAST
UP&DOWN　UP&DOWN　ナイトクルージング

だれのせいでもなくて　イカれちまった夜に
あの娘は運び屋だった
夜道の足音遠くから聞こえる

だれのためでもなく　暮らしてきたはずなのに
大事なこともあるさ
あー天からの贈り物
UP&DOWN　UP&DOWN　SLOW FAST

UP&DOWN　UP&DOWN　ナイトクルージング
窓はあけておくんだ
いい声聞こえそうさ

新しい人

夜明けの街まで　歩いていったら　こんなにもきれいなんだね
何にもない　グルッと見回せば　イライラも歯がゆさも

音楽はなんのために　鳴りひびきゃいいの
こんなにも静かな世界では
心ふるわす人たちに　手紙を待つあの人に
届けばいいのにね

驚きの顔　しみわたる声　飛び交う歌
ホラ　こんなに伝えたいのに　ねえ

新しい人　格好悪い人　呼んで　呼んで　呼んでよ

やさしい人　みっともない人　呼んで　呼んで　呼んでよ
夜明けの海まで　歩いていったら　どんなに素敵なんだろね
何にもない　グルッと見回せば　何にもない　何にもない

特別収録

ファンクラブ会報誌「POOL」内

連載コラム「DE LA POET」より

暮らしは　今　始まってる

ずっと　そばにいて　大きなソファーベッドをきれいにふいて

いつもそばにいる

幸せはある意味　そういうもので

ある意味　ひとりぼっちなものだ

ある時　みじめさとさみしさは強い味方で敵だ

ある時　退屈は強い快感だ

80%を恋が占める　くだらない人間なのだ

いつも　そばにいて　いつも笑って

そこで　いろいろ煮こんでみた

そこで　空気を抜いてみた

（DE LA POET
POOL Vol.3/1994.4月号より）

世界で一番中途半端なおりこうさんと
世界で一番中途半端なバカ２人
もっともっと　つまんない話をしてる
さあ　もうちょっと背中をまるめるんだ
正しくなくたっていいや
さあ　歩いてみよう　もうよくわかんないんだ

「オレは目が覚めた」なんてのは
十中八九ウソなんだ　ウソつき

このナイーヴすぎる世界では
さあ元気を出しなよ　元気を出しなよって
明るい顔で言うんだよ
何事もないように　言うんだよ

（DE LA POET
POOL Vol.4/1994.8月号より）

だれもが許してくれる人生が　僕らをそっと呼んでいる
もう　いいんだ　もう　いいんだって　さみしそうに呼んでいる

子供たちのわがままさと　子供たちの集中力を持ってすれば
君は何だってできる　あの澄みきった歌だって　歌える

君らいったいだれなんだ？　どうしてそんなタメロなんだ？
いったい　あなた　だれなんだ？

「苦労したんだよ」なんて　だれも聞いてない
そんなのだれも　聞いてない
人生　義理人生　ばかりじゃないのだよ

家庭の事情でウソを覚えたら
君ら　一生　ウソつくぞ
そして　今や　全部　バレてる

（DE LA POET
POOL Vol.6/1995.2月号より）

庭先に水をまく　ホースでにじをみる

グラサンで空を見る　長イスで夢を見る

照りつける　日差しの中

この敗ぼく者の顔を見るがいい

晴れのち晴れ　晴れつづき晴れ

晴れだけ晴れ　晴れだけ晴れ

5月はダメ

（DE LA POET
POOL Vol.7/1995.5月号より）

心の揺れをしずめるため　静かな顔をする

心の中のその中を　ちょっとのことで変えてしまう

心ふるわす　大自然にも　似た感じ

別にだれも　勝者じゃない

さみしい時は泣けばいい

だれかにだけ

やさしければいい

（DE LA POET
POOL Vol.7/1995.5月号より）

朝起きてみたら　なんにもすることなかったら
街頭インタビュー　何も答えることなかったら
つまらない人だって　気が付けばいいんだ
退屈な人だって　ちょっと下向けばいいんだ

おもしろい人なんて　そんなにいないんだ
うるさい人はさあ　結構イッパイ　いるんだ
退屈が好きな人が集まればいいんだ
ヒマだな　ヒマだな　ヒマだな
ログセみたく言えばいい
時間は全然ないんだ　だけども　それは　それとして
ともかく　集まる　その感じ
若いうちは　それでいい
若いうちは　それでいい

（DE LA POET
POOL Vol.8/1995.8月号より）

ためらいが時を　深くさせる
はじらいが時を　楽しくさせる
でも今のこの世の中じゃ
時間と決断との戦いで
なんだかちょっと大変なんだ

休息が時を止めてくれる
逃亡が時をリフレッシュさせる
ああ　離れていってしまうのさ
あなた方はいったいだれなんだい？
芸術は今も眠ってるのかい？

（DE LA POET
POOL Vol.9/1995.11月号より）

テーブルをはさんで　話しをしている姿に
テーブルをはさんで　ボサッとしている姿に
20年後の自分が見えることがある
また　おんなじ顔して　座っているような
また　2人でこうして　座っているような
未来の手掛かりは　いつも　それだけ

（DE LA POET
POOL Vol.16/1997.10月号より）

東京の星はあなどれない
今時の夜のベランダは
僕の心をノックする

昔とまるで変わらない
そんな思いが僕をひきつけ
逆に未来を感じさせる

あの日みた空　あの日みた星
きっと忘れてしまうけど
何かの助けには　なってゆくはず

（DE LA POET
POOL Vol.17/1998.1月号より）

170-171

ドライバーでネジをまわしてる時
赤信号でふと立ち止まった時
男なら　そんな時　何を思えるか
それが君の人生さ

FENDERのギターをみがき
今日こそオレはやったると
夢見る感じで宙をつかむ
男なら　そんな時　何か笑えるか
それが君の人生さ

（DE LA POET
POOL Vol.18/1998.4月号より）

にじみきった1日に　イスにWAXをぬりこんだ
気晴しにあこがれて　そんなことをやったんだ
にじみきった彼女の目は　もうベッドに釘づけで
ゆっくり倒れこんでゆくのを　遠くからみた
奴はねたなと　オレは思った

1時間ばかり　みっちりとWAXをぬりこみ
部屋へもどれば奴はねてる
そう　こんな日は　ねちゃうんだ
そして　また明日　起きあがってくる

明日のための準備として
オレは奴を毛布で包みこみ
シーツとリボンでラッピングし
花むけの言葉を投げかけて
今日はうちへ帰ったのさ

（DE LA POET
POOL Vol.19/1998.7月号より）

あとがき

いろんな人々の日常にフィッシュマンズの音楽があふれている。私の日常にも。まず、そのことを幸せに思います。

この詩集は、佐藤伸治的日常の記録というべき詩の世界を一冊の本にさせて頂いたものです。年代別に三つの章に括って、そのときに流れていただろう『時間』を想い構成してみました。佐藤さんはきっとニヤリとたくらみ笑いで眺めていることでしょう。

「その言葉を選ぶということは運みたいなものなんだ、だから詩を書いていて、いい言葉が並ぶと自分は運がいいと思うんだ」と佐藤さんが言っていたことがあります。選ばれた言葉達は、日常にあるちょっとした表情や景色を伝え、そして紙の上にまで息吹をあたえてくれる。それは静かな凛としたリアリティーとして体内をじわじわ攻め、いつの間にかそれは気持ちと言葉をうめてくれ、表情を豊かにしてくれます。

言葉は手がかりとなり、きっかけにつながる。今が何をする時なのか？

そう問われている気がして日々生活を送っています。きっと、これからもずっと。

こうして私は、今日もフィッシュマンズの音楽に辿り着く。この詩集におさめられた言葉達を最も立体的にした、どこまでも広がる世界。
そして幸せはやっぱりあったということに気づく。
ぜひ聴いて、体感して下さい。

青い空はどこまでも高く、海はどこまでも広い。とってもステキな景色を見たときに誰に伝えたい？　そんなことを想いながらドキドキして、何度聴いたか分からないフィッシュマンズの音楽を今日も聴いています。

今日も元気です、佐藤さん。

感謝

一九九九年一二月

フィッシュマンズマネージャー　植田亜希子

新装版　あとがき

この6年の間に何度もこの本を開いた。お気に入りの本は誰かに渡してしまって、何度か買うことになってしまう。よく聞く話だが、佐藤伸治が描いた半径2ｍの気分が、私にとってのそれになった。

昨年、思いがけずやってきたフィッシュマンズの新しい季節。

春、茂木さんが時間を想い選曲したベスト盤「空中」「宇宙」が発売された。並び替えられた楽曲は、新たに役割を与えられたかのように、まったく想像しなかった景色をみせた。想いが加速した。そう、ここから始まった。

夏フェス、ライジングサンへの出演が決まる。浮かんだのは、夕焼けの中で、フィッシュマンズの音楽が鳴り響いている光景。当日、天気は雨。でもきっと雨は止み夕日が見える、いつでもそうだったように。確信のない自信。18時20分、いとも簡単にそれは起こった。

そして、秋。“THE LONG SEASON REVUE” ツアー。気がつけば秋までの間に、フィッシュマンズという場所にたくさんの人が集まっていた。出会った人も、ずっと前からそうなることになっていたみたいに。いろんな人がフィッシュマンズという場所で、表現していることがすばらしい。今ではそれ全てが、フィッシュマンズということを信じることができる。

変わりゆく季節の中で、佐藤さんが綴った詩は何も変わらない。なのに、景色は変わるのだ、ということを知る。立ち昇るタバコの煙、見上げればそこにある空、誰もが知っているのに知らないもの。言葉たちは、風景を切り抜き、時間の存在をあざけり笑うように、もう一つの時間の中で動き出す。そして、物語はいつも私の中に起こる。昨年の思いがけずやってきたいろんな季節のように。

この詩集は、そんな空気感／間を、ずっと記憶している。やはり問いかける、今が何をする時なのか、と。

決まってやってくる朝に、バイクを走らせる。どこまでも青い空を見つけると、何でもできそうな気分になる。口ずさむ歌は……

繋がってゆくのだ、日常の中でそっと、くりかえし、くりかえし。

この本が復刊されることを幸せに思い、新しい人に届くことを願っています。

もうすぐ春が来ます、佐藤さん。

感謝

二〇〇六年二月

植田亜希子

増補版　あとがき

二〇二一年、季節はめぐり、再びの復刊。一九九九年の出版から実に二十二年。こんなことが起こるなんて、なんて素敵な話だろう。

この復刊では新たに、ファンクラブNeriの会報誌“POOL”で、佐藤伸治が書いていたコラム「DE LA POET」を十一編収録していただいた。直筆で写真とともに綴られていたこのコラムであったが、タイピングされ、新たな意思を持ったようでとても感慨深い。
この場をかりてNeriのみなさまに感謝申し上げます。

二十二年前、二つ返事でこの詩集の構成を引き受けた。コンピューターにある、「詩集」というフォルダーの中には、二十二年前の静かな奮闘が残されていた。この復刊がなければ開けることのなかっただろう、そのフォルダーのこと。

詩集の構成を試みる過程で、三つのテーマを模索していた。それは「時間」「地図」「色」。ファイルを開けると、それぞれの詩の下に「28:50」「街」「白」というような具体的な書き込みがあった。

「色」。詩を読んで思いつく色を書いていったようだ。この色という方向性は、このファイルに記されていた過去の記録。記憶からは完全に抜け落ちていたが、色に分けてみると同系色に偏り、グラデーションがうまくいかなかったのだろうと推測する。

「地図」というのは、佐藤伸治が描いた世界を、佐藤さんの部屋を0地点ととらえ、自分なりにマッピングしていこうという試み。しかしながら、出したかった距離感が感じられなかったと記憶している。

そして「時間」。詩を読んで、思いつく時間を全ての詩に刻み、それを朝から並べていった。並べ替えられた詩は新しい景色を見せたが、どうもスムーズに読み進められなかった。その話を茂木さんにすると、時代別に三つに括ってから並べてみてはどうか、というアドバイスをいただいた。そうして、詩集の構成を完成させたのであった。

時間とは、なんとも不思議なもので、佐藤伸治が描く世界では、時計で表される時間とは別に、もう一つの時間が存在すると、信じることができる。それは、無限にも一瞬にもなりえて、過去も未来も時空を超えて繋いでしまう。そこでは、忘れていた何かを思い出したり、いつも見ていた景色が色濃く見えたり、無意識をのぞいたような、そんな気持ちになる。

フィッシュマンズの音楽も、その、もう一つの時間で鳴り響きだすと、それは永遠の約束のように在り続け、過去ではない、そこにある。

ロング・シーズンとはよくいったもので、長い季節はまだ終わりそうで、終わらない。もしかすると、次は違う言語でこの本に巡り会うことがあるのかもしれない、という希望的予感を記しつつ。

この時代に復刊されることに、驚きと感謝込めて！

佐藤さん！　デビュー三十周年ですって！

二〇二一年五月

フィッシュマンズマネージャー　植田亜希子

フィッシュマンズ・プロフィール

変幻自在の楽曲と透き通ったヴォーカル、タイトなリズムと重厚なグルーヴで九〇年代を駆け抜けた唯一無二のバンド。九九年ヴォーカリスト／ソングライターの佐藤伸治が急逝し活動休止を余儀なくされるが、リーダー・茂木欣一の熱い想いで二〇〇五年に再始動。佐藤伸治の楽曲を《いまの音楽》として演奏しつづけている。

レゲエ／ダブ／ロックステディを基調にロック・ファンク・ヒップホップを取り入れたサウンド、美しさと哀しみの同居するリリックは、多くのミュージシャン・クリエイターに影響を与えた。サブスク解禁を機にその作品が世界中に知れ渡り、耳の肥えたリスナーから熱い支持を受けている。

メンバー

佐藤伸治	Shinji Sato（Vocal）	結成〜
茂木欣一	Kin-ichi Motegi（Drums）	結成〜
柏原譲	Yuzuru Kashiwabara（Bass）	八八〜九八在籍
ハカセ	Hakase（Keyboard）	九〇〜九五在籍
小嶋謙介	Kensuke Ojima（Guitar）	結成〜九四在籍

バイオグラフィー

一九八七
初夏。バンド結成。当初のメンバーは佐藤伸治（Vocal／Bass）、小嶋謙介（Guitar）、茂木欣一（Drums）。佐藤と茂木は明治学院大学の音楽サークル・ソングライツの先輩後輩の関係。小嶋は別の音楽サークルの部員で佐藤と同級生だった。
最初に佐藤が持ってきたデモテープの曲は『Blue Summer』。小嶋曰く「カセットをもらった時からすべてが始まっていた」。茂木は初セッションでジャンプしながら激しく演奏する佐藤と小嶋に驚いたという。その日の帰り道、佐藤の提案でバンド名がフィッシュマンズに決定。

一九八八
五月。都内ライヴハウスにて活動開始。
八月。柏原譲（Bass）加入。明学ソングライツ同期の茂木が柏原の演奏に惚れこみ、佐藤に推薦した。小嶋は柏原が車を持っているという噂を聞き、加入を即決。「演奏うまいし車持ってるし最高だと思ったけど、実際は車なんて持ってないし、学校にもほとんど来てないし、やられたと思った（笑）」（小嶋）

一九八九
三月。雑誌『宝島』主宰のインディーレーベルから発売されたオムニバスＣＤ『PaNic PaRadise』に『いなごが飛んでる』『Special Night』を提供。初のレコーディングは六本木MOD STUDIOで深夜に行われた。

四月。新宿LOFTで発売記念ライヴにスカンク、クスクス、ポテトチップス、ムスタングA.K.A.と出演。ほかのバンド目当ての女性ファンがステージ上まで溢れかえり、その勢いに圧倒される。

一九九〇

三月。ムスタングA.K.Aに在籍していたハカセ（Key）がライヴ初参加。柏原がハカセの早稲田の下宿に泊まり込んで口説いたとのこと。柏原曰く、ハカセの参加を熱望していたのは佐藤だった。

ハカセが初めてリハーサルスタジオに来た時、四人でムスタングA.K.A.の『WONDERLAND?』を演奏して迎え入れた。ハカセは真顔でラジカセを出し、彼らの演奏を録音したという。「ハカセは最初から面白かった」（茂木）

四月。初のワンマンライヴ@渋谷La.mama。タイトルは『安い週末』。

一〇月。レコード会社ヴァージン・ジャパンと契約。

一一月。ハカセが正式に加入。佐藤の発案で《とんかつまい泉　青山本店》で食事をする。「佐藤くんは、そういうことをちゃんとやる人」（ハカセ）

一九九一

二月。オーストラリアのメルボルンにてファーストアルバムのレコーディング。プロデュースは元MUTE BEATの小玉和文。小玉が初めてデモを聞いた時の印象は「ヴォーカルが何かとても歌いたいことがあって歌っているバンド」だった。小玉は「ベスト・オブ・ロックステディ」と題したカセットを作ってメンバーに配布し、ロックステディのイロハを叩きこんだという。

メンバーと小玉は、毎日レコーディングのあとメルボルンの街にくりだし、食事や酒を大いに楽しんだ。

「外国ってこんなに自由なんだ。レコーディングってこんなに楽しいんだと思った」（柏原）

現地エンジニアから「Fishmans」は英語の文法的におかしいと指摘される場面もあった。

急遽、地元のライヴハウスにも出演。佐藤にとって、最初で最後の海外ライヴとなった。

三月。ワンマンライヴ＠渋谷CLUB QUATTRO。タイトルは『ヨコワケで決めて』。

四月二一日。デビューシングル『ひこうき』発売。ミュージックビデオに佐藤のイラストが使われた。

五月二一日。デビューアルバム『Chappie, Don’t Cry』発売。

六月一日。名古屋HeartLandでのライヴでZAKがＰＡとして初参加。柏原はZAKのおかげで自分たちの音に自信が持てるようになったという。

七月二一日。セカンドシングル『いなごが飛んでる』発売。

八月。小淵沢と都内スタジオでミニ・アルバムのレコーディング。

九月。新宿駅アルタ前でフリーイベント。ZAKが上京し、ＰＡとして参加。青空の下、茂木は「自分たちらしい演奏ができた」と語っている。

一一月七日。ミニ・アルバム『Corduroy’s Mood』発売。セルフプロデュース。ジャケット撮影は当時人気の渋谷系バンドを意識した仕上がりに。柏原は「デストラーデ（＊西武ライオンズで活躍した野球選手）みたいにされた」と不満を持っている。

一九九二

一月。『１００ミリちょっとの』がフジテレビ系ドラマ『90日間・トテナム・パブ』の主題歌に起用される。初のタイアップは制約が多く、佐藤が英訳した詞を歌わされる珍場面もあった。

二月五日。サードシングル『１００ミリちょっとの』発売。

五月〜六月。山中湖でアルバムのレコーディング。プロデューサー・窪田晴男のアドバイスは「好き放題やってくれ」「ホームランを狙え」。酔っ払ってから深夜に録音するなど、メンバー当惑の場面もあった。この時期、茂木と柏原は三軒茶屋クロスロードスタジオに毎日のように通い、演奏を磨いていく。

一〇月二一日。セカンドアルバム『King Master George』発売。名曲と迷曲が混在する問題作。「（楽曲の）幅が広すぎて、聴く人の器が問われる」（ハカセ）

一二月。フジテレビ系番組『わんわんバラエティ・スターはポチだ！』のＯＰ曲に『いなごが飛んでる』、ＥＤ曲に『Walkin'』が使われる。

一九九三

二月一九日。シングル『Walkin'』発売。その後メンバーが佐藤家に集まり、今後の方向性について話し合ったという。「タイアップとって売れるより、本当にやりたいものをやろう」（茂木）。「自分達がカッコいいと思うものをやらないとダメ」（柏原）

三月。ZAKをエンジニアに迎え、アルバム前半のレコーディング開始。

五月。河口湖と観音崎で後半のレコーディングを行う。

六月一八日。先行シングル『いかれたBaby』発売。

七月二一日。初のセルフプロデュースによるサードアルバム『Neo Yankees' Holiday』発売。今作で音作りの土台が確立された。小嶋は『Just Thing』の詞を見て、「何かと決別するような毅然としたものを感じた」という。茂木は作品の仕上がりに対して自身の実力が足りないと感じ、さらなる自主練を重ねた。

一一月～一二月。都内近郊のライヴハウスをまわる小ツアー『De La GELDOF 哀愁の Monday』。毎週対バンを続けることで、バンドは加速度的に力をつけていった。

一九九四
二月二日。マキシシングル『Go Go Round This World!』発売。

五月一八日。TBSホールでのライヴを最後にオリジナルメンバーの小嶋が脱退。小嶋は佐藤がライヴ後にヒマワリをくれたことが印象に残っているという。

六月一七日。マキシシングル『MELODY』発売。

六月一八日。この日からサポートギタリストとしてヒックスヴィルの木暮晋也が参加。

七月～八月。ギターにBuffalo Daughterのシュガー吉永を迎え、ロンドンでアルバムのレコーディング。ロンドン行きはZAKの発案。スタジオに卓球台があり、メンバーは作業の合間に卓球をしてリフレッシュした。この時点で佐藤はレコード会社の移籍を決意していた。

一〇月二一日。シングル『MY LIFE』、アルバム『ORANGE』同時発売。『感謝（驚）』はロンドン行きの直前に佐藤が書き上げた。

一二月。サポートギタリストとしてザ・カスタネッツの小宮山聖が参加。小宮山は明学ソングライツで茂木・柏原と同期で、佐藤に憧れていたという。

一九九五

三月〜五月。『Oh! Mountain』ツアー。阪神・淡路大震災の影響で神戸公演は中止になった。

三月一七日。初のライヴアルバム『Oh! Mountain』発売。タイトルの由来は諸説あるが、小宮山曰く、佐藤がツアー中に広島駅で降りた時「山しかねえじゃねえか！」と言い放ったのが元ネタではないか、とのこと。

五月。『Oh! Mountain』ツアー終了後、ポリドールへ移籍。

八月。プライベートスタジオ「ワイキキビーチ／ハワイスタジオ」に入居。機材はもちろん、家具や調度品も自分たちで探して設置した。時間を気にせず音楽に集中できる環境が整った。スタジオ予算を捻出するため、佐藤はディレクターと「二年で三枚のアルバムを作る」という約束をしていた。

九月一九日。移籍記念ライヴ『Let's POLYDOR』。このライヴを最後にハカセが脱退する。

一一月一日。HONZI（Key／Violin）がライヴ初参加。柏原はゴリラの着ぐるみ姿でステージに上がるHONZIを見てショックを受ける。「演奏したらカッコよかった。全然ちがう次元の音楽を作らないとダメだと思った」（柏原）

一一月二五日。シングル『ナイトクルージング』発売。

一九九六

一月二七日。サポートギタリストとして元SUPER BADのダーツ関口（Guitar）が参加。以降、ダーツ関口とHONZIがサポートメンバーとしてフィッシュマンズを支えていく。

二月一日。アルバム『空中キャンプ』発売。スタジオ作りから始まった制作がこの一枚に結実する。木暮はレコーディング中「ひょっとしたら世界一クリエイティブな場所にいるんじゃないか」と思ったという。発売当日から全一〇本のツアー『若いながらも歴史あり』がスタート。佐藤は名古屋CLUB QUATTROでのMCで「アルバム『空中キャンプ』！　やっててすげえ楽しい！」と充実感を表現している。ツアーファイナルは新宿LIQUID ROOM 2days。

三月二七日。シングル『BABY BLUE』を発売（アルバムからのシングルカット）。

七月〜八月。シングル『SEASON』とワントラックアルバム『LONG SEASON』のレコーディング。『若いながらも歴史あり』のツアー中に「終わらない曲を作ろう」というアイデアが生まれ、メンバーとサポートメンバーの五人でセッションを重ねて作り上げた。はじめに佐藤が持ってきたデモは『バックビートにのっかって』だったという。

九月二六日。シングル『SEASON』リリース。

一〇月二五日。アルバム『LONG SEASON』リリース。一曲三五分一六秒の大作。UA、THEATRE BROOKの佐藤タイジ、ASA-CHANG、MariMari等が参加している。エンジニアのZAKが長時間集中して作業をするあまり目から血を流す場面もあった。

一二月。名古屋、神戸、東京を回るツアー『LONG SEASON '96〜'97』。

一九九七

二月〜六月。アルバムのレコーディング。佐藤が持ってきたデモの完成度があまりにも高く、茂木と柏原は悩んだという。特に『IN THE FLIGHT』については手のつけようがなく、ほとんどデモ音源のままアルバムに収録されることになった。

六月七日。日比谷野外音楽堂にてライヴイベント『闘魂'97』。YO-KING、BIKKE、渡辺俊美が出演。

七月二日。シングル『MAGIC LOVE』発売。

七月二四日。アルバム『宇宙 日本 世田谷』発売。

八月四日。プライベートスタジオ「ワイキキビーチ／ハワイスタジオ」閉鎖。さらにデビュー時からサウンドを支えてきたエンジニアZAKが離脱する。

八月〜九月。全国ツアー『宇宙 日本 奥田イズム〜夏〜』。ツアーファイナルは日比谷野外音楽堂での初ワンマン。ＰＡは西川一三が担当。

一〇月二二日。マキシシングル『WALKING IN THE RHYTHM』発売（アルバムからのシングルカット）。アルバムとは全く異なるアレンジの4 version を収録。

一二月。『WALKING IN THE 奥田イズム』ツアー。大阪・名古屋・東京を回る。

この時期に柏原が脱退の意思をメンバーに伝え、翌年末での脱退が決まる。

一九九八

二月下旬。ライヴアルバム『8月の現状』スタジオセッション開始。

三月。ツアー『低音バッシュ』（名古屋、大阪、福岡、東京）。

六月七日。日比谷野外音楽堂にてライヴイベント『闘魂'98』。対バンはBuffalo Daughter。

八月一九日。ライヴアルバム『8月の現状』リリース。

八月～一〇月。全一五本の『8月の現状』ツアー。ツアーファイナルは日比谷野外音楽堂。

一二月二日。シングル『ゆらめきIN THE AIR』リリース。

一二月一七日～二八日。『男達の別れ』ツアー。佐藤は「脱退する柏原とバンドに残る自分たちが、ここで一度別れる」という意味でタイトルを決めたという。ツアーファイナルの赤坂BLITZ公演を最後に柏原が脱退。佐藤はMCで「来年はレコーディングを少しして、できたら夏以降にライヴをやりたい」と話していたが、この日が彼にとって最後のライヴとなってしまう。

一九九九

三月一五日。佐藤伸治永眠。

三月一七日。ビデオクリップ集『THREE BIRDS & MORE FEELINGS』発売。映像ディレクターは川村ケンスケ。

同日。ヴァージン・ジャパン～メディア・レモラス時代のベストアルバム『FISHMANS BEST 1991-1994 ～Singles&More』発売。アルバムとは違うテイクが多数収録されている。

三月二〇日。佐藤伸治音楽葬。茂木を中心にサポートメンバー・脱退したメンバーが駆けつけ、佐藤の楽曲を演奏して見送った。冷たい雨が降っていた。

六月三〇日。ポリドール移籍後のベストアルバム『Aloha Polydor』発売。茂木が選曲を担当した。

七月。ライヴイベント『フィッシュマンズ的組合』三公演（大阪、名古屋、東京）。

九月二九日。ライヴアルバム『98.12.28 男達の別れ』リリース。ツアーファイナルのライヴを完全収録した二枚組。ミックスはZAKが担当。

二〇〇〇

二月一九日。『ロングシーズン　佐藤伸治詩集』発売。

一〇月二五日。ライヴビデオ『記憶の増大』発売。翌月ＤＶＤもリリースされる。

一一月二日。ビデオ＋ライヴ・イベント『映像キャンプ２０００〜記憶の増大〜』＠新宿LIQUID ROOM。

二〇〇一

四月。ビデオ＋ライヴ・イベント『映像キャンプ２００１〜記憶の増大〜』大阪・名古屋公演。

二〇〇五

四月二一日。二枚組ベストアルバム『空中』『宇宙』発売。茂木欣一が監修と選曲を務めた。レコード会社をまたいで全キャリアを網羅し、デモ音源・ライヴ音源などレアトラックを多数収録。

八月二〇日。RISING SUN ROCK FESTIVAL '05に出演し、ついに再始動する。茂木と柏原に加え、関口、木暮、HONZIが参加。ゲストヴォーカルは忌野清志郎、原田郁子（クラムボン）、ハナレグミ、UA。

一一月九日。ワンコイン・シングル『いかれたBaby／感謝（驚）／Weather Report』発売。さらにライヴDVD『若いながらも歴史あり 96.3.2 @ 新宿 LIQUID ROOm』を同日リリース。

一一月二三・二五・二七日。ツアー『FISHMANS presents "THE LONG SEASON REVUE"』三公演（東京・名古屋・大阪）。メンバーは、茂木欣一、柏原譲、HONZI、関口"Darts"道生、木暮晋也、沖祐市。ゲストヴォーカルに山崎まさよし、原田郁子、ハナレグミ、UA、蔡忠浩（bonobos）、pocopen（さかな）、キセル、POD（Moderndog）、パーカッションにASA-CHANGを迎える。東京公演ではスペシャルゲストで、ファーストアルバムのプロデューサー・こだま和文（Dub Station）が出演した。

一二月二八日。ライヴDVD『男達の別れ 98.12.28 @ 赤坂 BLITZ』発売。映像ディレクターは川村ケンスケ。

二〇〇六

三月二五日。ライヴ&ドキュメンタリー映画『THE LONG SEASON REVUE』公開。監督は川村ケンスケ。

七月三〇日。FUJI ROCK FESTIVAL '06に出演。メンバーは茂木、柏原、HONZI、関口"Darts"道生、木暮晋也、沖祐市、原田郁子、ハナレグミ、UA、蔡忠浩、pocopen、キセル。

二〇〇七

九月二七日。HONZI永眠。

二〇〇九
八月二八日。SPACE SHOWER SWEET LOVE SHOWER 2009 に FISHMANS:UA として出演。キーボードに HAKASE-SUN が復帰。

二〇一一
五月三日。ライヴ『A Piece Of Future』@日比谷野外音楽堂。デビュー二〇周年、佐藤伸治一三回忌のタイミングで、発起人は佐藤の父親だった。イベントタイトルの同名曲は、佐藤が生前に書き下ろした最後の楽曲。

二〇一二
四月一五日。EARTH × HEART LIVE 2012 に出演。ゲストヴォーカルは原田郁子、の子（神聖かまってちゃん）。対バンはサカナクション。
八月一一日。RISING SUN ROCK FESTIVAL 2012 in EZO に出演。
九月三〇日。茂木が所属する東京スカパラダイスオーケストラ主催のイベント『トーキョーナイトクルージング』に出演。

二〇一四

五月五日。VIVA LA ROCK2014 出演。ステージ三日間の大トリを務める。

八月一六日。RISING SUN ROCK FESTIVAL 2014 in EZO 出演。

二〇一五

四月二五日。ARABAKI ROCK FEST.5 出演。

九月五日。OTODAMA'15～音泉魂～〝闘魂編〟に出演。

二〇一六

六月二九日。ライヴアルバム『LONG SEASON '96~7 96.12.26 赤坂 BLITZ』発売。監修は茂木欣一。

七月。三都市を回るツアー『FISHMANS TOUR "LONG SEASON 2016"』を行う。

二〇一八

八月一日。アナログベスト『BLUE SUMEER ～ Selected Tracks 1991-1995 ～』発売。

八月八日。ZAK によるリミックス「ナイトクルージング 2018」を含むアナログベスト『Night Cruising 2018』発売。

八月一〇日。RISING SUN ROCK FESTIVAL 2018 in EZO 出演。

一一月三日。10インチシングル『ナイトクルージング 2018』発売。

二〇一九

二月一九日。ライヴイベント『闘魂２０１９』開催。対バンは cero。佐藤伸治の急逝から二〇年、『男達の別れ』を意識したセットリストを組み、白を基調とした衣装でライヴに臨んだ。『ゆらめき IN THE AIR』では『男達の別れ』のライヴ音源から佐藤のヴォーカルと HONZI のバイオリンの音を抜き出し、共に演奏する試みに挑戦。「あの曲をほかの人が歌うことは考えられなかった」（ZAK）。「二〇一九年の響きで鳴らすことができた」（茂木）

九月七日。前年台風の影響で中止された OTODAMA'18-19～音泉魂～に出演。

二〇二〇

六月一四日。コロナ禍で完全無観客ライヴ『FISHMANS AR LIVE「INVISIBILITY」』配信。

二〇二一

四月二一日。デビュー三〇周年記念イベント『Time passes and the future is now』配信。

五月二六日。ライヴアルバム『若いながらも歴史あり 96.3.2@ 新宿 LIQUID ROOm』発売。

七月九日。結成から現在までの足跡を辿る『映画：フィッシュマンズ』公開予定。

つづく。

Baby
◎DISC-2
1.LONG SEASON
UPBH-1007/8／2000.11.1／POLYDOR K.K.

『若いながらも歴史あり 96.3.2@新宿 LIQUID ROOm』
1.Oh Slime　2.Smilin' Days, Summer Holiday　3.Thank You　4.土曜日の夜　5.ずっと前　6.SLOW DAYS　7.BABY BLUE　8.忘れちゃうひととき　9.Go Go Round This World!　10.すばらしくてNICE CHOICE　11.SUNNY BLUE　12.気分　13.チャンス　14.いかれたBaby　15.オアシスへようこそ　16.感謝（驚）　17.ナイトクルージング　18.新しい人
UPBH-1173／2005.11.9／UNIVERSAL MUSIC

『男達の別れ 98.12.28@赤坂BLITZ』
1.Oh Slime　2.ナイトクルージング　3.なんてったの　4.Thank You　5.幸せ者　6.頼りない天使　7.ひこうき　8.IN THE FLIGHT　9.WALKING IN THE RHYTHM　10.Smilin' Days, Summer Holiday　11.MELODY　12.ゆらめき IN THE AIR　13.いかれたBaby　14. LONG SEASON
UPBH-1177/8／2005.12.28／UNIVERSAL MUSIC

『THE LONG SEASON REVUE』劇場公開映画のDVD化
PCBE-52332／2006.8.30／PONY CANYON INC.

『フィッシュマンズ in SPACE SHOWER TV EPISODE.3』
UPBH-1210／2007.6.27／UNIVERSAL MUSIC

『フィッシュマンズ in SPACE SHOWER TV EPISODE.2』
UPBH-1211／2007.9.19／UNIVERSAL MUSIC

『フィッシュマンズ in SPACE SHOWER TV EPISODE.1』
UPBH-9411／2007.12.26／UNIVERSAL MUSIC

『MAGIC LOVE』
1.MAGIC LOVE　2.MAGIC LOVE(remix)
PODH-1367／1997.7.2／POLYDOR K.K.

『ゆらめき IN THE AIR』
1.ゆらめき IN THE AIR
PODH-1450／1998.12.2／POLYDOR K.K.

『ナイトクルージング / Night Cruising 2018』
アナログ10inchシングル
◎Side-A　ナイトクルージング
◎Side-B　ナイトクルージング2018 (remixed by ZAK 2018)
UPKY-9012／2018.11.3／UNIVERSAL MUSIC

B O X

『GO GO ROUND THIS WORLD!〜FISHMANS 25th ANNIVERSARY RECORD BOX』アナログレコードBOX
Chappie, Don't Cry／King Master George／Neo Yankees' Holiday／ORANGE／Oh! Mountain／Corduroy's Mood／Go Go Round This World!／MELODY
PCJA-00059／2016.4.20／PONY CANYON INC.

『FISHMANS ROCK FESTIVAL』14 LPs BOX SET
空中キャンプ／LONG SEASON／宇宙 日本 世田谷／8月の現状／98.12.28 男達の別れ／SEASON／WALKING IN THE RHYTHM／ゆらめき IN THE AIR
UPJH-9311/24／2007.6.27／UNIVERSAL MUSIC

D V D

『THE THREE BIRDS & MORE FEELINGS』
1.MAGIC LOVE　2.SLOW DAYS　3.WALKING IN THE RHYTHM　4.BABY BLUE　5.SEASON　6.ナイトクルージング　7.Just Thing　8.ゆらめき IN THE AIR
POVH-1075／2000.6.14／POLYDOR K.K.

『記憶の増大』
◎DISC-1
1.MELODY　2.SLOW DAYS　3.感謝(驚)　4.新しい人　5.Go Go Round This World!　6.すばらしくてNICE CHOICE　7.ナイトクルージング　8.Weather Report(in TOKYO COOL CAMP)　9.Weather Report　10.A PIECE OF FUTURE　11.頼りない天使　12.ひこうき　13.IN THE FLIGHT　14.WALKING IN THE RHYTHM　15.いかれた

「SEASONS(LIFE)」CD MAXI
1.SEASON Promotion Video
2.SEASONAL Report (Weather Report)
1.SEASON　2.I DUB FISH　3.LONG SEASON(LIVE@渋谷CLUB QUATTORO '97.7.4)
UPCH-5383／2006.3.22／UNIVERSAL MUSIC

Single

『ひこうき』
1.ひこうき　2.Little Flapper
1991.4.21／Media Remoras INC／○生産中止

『いなごが飛んでる』
1.いなごが飛んでる(東京タワーミックス)
2.It's be alright
1991.7.21／Media Remoras INC／○生産中止

『100ミリちょっとの』
1.100ミリちょっとの　2.あの娘が眠ってる(P.W.M. ver.)
1992.2.5／Media Remoras INC／○生産中止

『Walkin'』
1.Walkin'　2.青空のように　3.いなごが飛んでる(東京タワーミックス)
1993.2.19／Media Remoras INC.／○生産中止

『いかれたBaby』
1.いかれたBaby　2.Blue Summer(LIVE ver.)
1993.6.18／Media Remoras INC／○生産中止

『MY LIFE』
1.MY LIFE　2.救われる気持ち(LIVE ver.)
1994.10.21／Media Remoras INC／○生産中止

『ナイトクルージング』
1.ナイトクルージング　2.ナイトクルージング(Plasma Mix)
PODH-1288／1995.11.25／POLYDOR K.K.

『BABY BLUE』
1.BABY BLUE　2.SUNNY BLUE (HICKSVILLE MIX)
PODH-1304／1996.3.27／POLYDOR K.K.

『SEASON』
1.SEASON　2.I DUB FISH
PODH-1324／1996.9.26／POLYDOR K.K.

クルージング2018 [remixed by zAk 2018]
UPCY-7535／2018.8.8／UNIVERSAL MUSIC

『ゴールデン☆ベスト　～ポリドール・イヤーズ～』
1.ナイトクルージング　2.BABY BLUE　3.ずっと前　4.すばらしくてNICE CHOICE　5.SEASON 6.MAGIC LOVE　7.Weather Report　8.WALKING IN THE RHYTHM（prototype mix）　9.いかれたBaby　10.感謝（驚）　11.頼りない天使　12.ひこうき　13.IN THE FLIGHT
UPCY-6632／2010.12.8／UNIVERSAL MUSIC

Mini Album

『Corduroy's Mood』
1.ごきげんはいかがですか　2.あの娘が眠ってる　3.むらさきの空から　4.救われる気持ち
PCCA-01184／1998.2.18／PONY CANYON INC.／○再発
Original Release Date：1991.11.7

Maxi Single

『Go Go Round This World!』
1.Go Go Round This World!　2.Smilin' Days, Summer Holiday（kick the space echo session）　3.Go Go Round This World!（naked funk mix）　4.Future（remix）
PCCAX-00008／1998.3.18／PONY CANYON INC.／○再発
Original Release Date：1994.2.2

『MELODY』
1.MELODY　2.静かな朝　3.オアシスへようこそ　4.WEDDING BABY
PCCAX-00009／1998.3.18／PONY CANYON INC.／○再発
Original Release Date：1994.6.17

『WALKING IN THE RHYTHM』
1.WALKING IN THE RHYTHM（prototype mix）　2.WALKING IN THE RHYTHM（hang-glider mix）　3.WALKING IN THE RHYTHM（Shinjuku-version 2 mix）　4.WALKING IN THE RHYTHM（Reprise mix）
POCH-1653／1997.10.22／POLYDOR K.K.

『いかれたBaby/感謝（驚）/Weather Report』
1.いかれたBaby　2.感謝（驚）　3.Weather Report
UPCH-5345／2005.11.9／UNIVERSAL MUSIC

『宇宙』

◎DISC-1［BEST TRACKS］

1.ずっと前　2.気分　3.MAGIC LOVE　4.エヴリデイ・エヴリナイト　5.Just Thing　6.SLOW DAYS　7.あの娘が眠ってる　8.頼りない天使　9.MELODY　10.ナイトクルージング　11.WALKING IN THE RHYTHM　12.100ミリちょっとの　13.夜の想い　14.新しい人

◎DISC-2［RARE TRACKS & B-SIDES 1995-1998］

1.Oh! Crime［DUB］（analog「Oh! Mountain」1995）　2.ナイトクルージング（Demo 1995）　3.ずっと前（Demo 1995）　4.ナイトクルージング［Plasma Mix］（Sg. B-SIDE 1995）5.SUNNY BLUE［HICKSVILLE MIX］（Sg. B-SIDE 1996）　6.FISH IS WATCHING YOU（Unreleased Outtake 1996）　7.I DUB FISH（Sg. B-SIDE 1996）　8.バックビートにのっかって（Demo 1996）　9.Weather Report（Demo 1997）　10.MAGIC LOVE［REMIX］（Sg. B-SIDE 1997）　11.それはただの気分さ（Demo 1997）　12.A PIECE OF FUTURE（Demo 1998）　13.A PIECE OF FUTURE（Live 1998）

UICZ-4112/3／2005.4.21／UNIVERSAL MUSIC

『BLUE SUMMER ～Selected Tracks 1991-1995～』アナログ盤

◎DISC 1 -A面

1.Go Go Round This World!［from “Go Go Round This World!”］　2.MELODY［from “ORANGE”］3.Just Thing［from “Neo Yankees' Holiday”］　4.なんてったの［from “King Master George”］

◎DISC 1 -B面

1.ひこうき［from “Chappie, Don't Cry”］　2.静かな朝［from “MELODY”］　3.Smilin'Days, Summer Holiday（kick the space echo session）［from “Go Go Round This World!”］

◎DISC 2 -A面

1.Blue Summer［from “Oh! Mountain”］　2.あの娘が眠ってる［from “Corduroy's Mood”］　3.感謝（驚）［from “ORANGE”］

◎DISC 2 -B面

1.頼りない天使［from “King Master George”］　2.いかれた Baby（Glittering rewinder mix）［from “Neo Yankees' Holiday”］　3.Future［from “Chappie, Don't Cry”］

UNIVERSAL MUSIC

『Night Cruising 2018』アナログ盤

◎Side-A

1.ナイトクルージング［from “空中キャンプ”］　2.I DUB FISH［from SINGLE “SEASON”］　3.WALKING IN THE RHYTHM（prototype mix）［from “WALKING IN THE RHYTHM”］

◎Side-B

1.MAGIC LOVE［from “宇宙 日本 世田谷”］　2.新しい人［from “空中キャンプ”］　3.ナイト

Round This World!
◎DISC2. 1.すばらしくてNICE CHOICE 2.SUNNY BLUE 3.気分 4.チャンス 5.いかれたBaby 6.オアシスへようこそ 7.感謝(驚) 8.ナイトクルージング 9.新しい人
UPCY-7714/5／2021.5.26／UNIVERSAL MUSIC

Best Album

『1991-1994』
1.チャンス 2.ひこうき 3.いなごが飛んでる(東京タワーミックス) 4.100ミリちょっとの 5.なんてったの 6.Walkin' 7.いかれたBaby 8.Go Go Round This World! 9.MELODY 10.MY LIFE 11.感謝(驚) 12.頼りない天使(Prototype MIX) 13.あの娘が眠ってる(P.W.M. ver.) 14.救われる気持ち(Live Ver)
PCCA-01300／1999.3.17／PONY CANYON INC.

『Aloha Polydor』
1.IN THE FLIGHT 2.ナイトクルージング 3.BABY BLUE 4.Weather Report 5.MAGIC LOVE 6.それはただの気分さ(demo track) 7.幸せ者 8.WALKING IN THE RHYTHM 9.SEASON 10.ゆらめき IN THE AIR
POCH-1809／1999.6.30／POLYDOR K.K.

『空中』
◎DISC-1［BEST TRACKS］
1.RUNNING MAN 2.Go Go Round This World! 3.チャンス 4.POKKA POKKA 5.BABY BLUE 6.MY LIFE 7.Weather Report 8.忘れちゃうひととき 9.すばらしくてNICE CHOICE 10.IN THE FLIGHT 11.SEASON 12.ひこうき 13.感謝(驚) 14.いかれたBaby
◎DISC-2［RARE TRACKS & B-SIDES 1987-1994］
1.Blue Summer(Demo 1987) 2.ピアノ(Demo 1990) 3.ひこうき(Studio Demo 1990) 4.Little Flapper(Sg. B-SIDE 1991) 5.It's Be Alright(Sg. B-SIDE 1991) 6.100ミリちょっとの(Rehearsal 1991) 7.あの娘が眠ってる［P.W.M. ver.］(Sg. B-SIDE 1992) 8.なんてったの［HAKASE mix］(Unreleased Outtake 1992) 9.青空のように(Sg. B-SIDE 1993) 10.いかれたBaby(Demo 1993) 11.Blue Summer［LIVE ver.］(Sg. B-SIDE 1993) 12.BANANA MELON(米国音楽 1993) 13.MY LIFE(Demo 1994) 14.救われる気持ち［LIVE ver.］(Sg. B-SIDE 1994) 15.NIYABINGHI BABY(analog「MELODY」1994)
PCCA-02127／2005.4.21／PONY CANYON INC.

6th『空中キャンプ』

1.ずっと前　2.BABY BLUE　3.SLOW DAYS　4.SUNNY BLUE　5.ナイトクルージング　6.幸せ者　7.すばらしくてNICE CHOICE　8.新しい人

POCH-1550／1996.2.1／POLYDOR K.K.

7th『LONG SEASON』

1.LONG SEASON

POCH-16020／1996.10.25／POLYDOR K.K.

8th『宇宙 日本 世田谷』

1.POKKA POKKA　2.Weather Report　3.うしろ姿　4.IN THE FLIGHT　5.MAGIC LOVE　6.バックビートにのっかって　7.WALKING IN THE RHYTHM　8.DAY DREAM

POCH-16040／1997.7.24／POLYDOR K.K.

9th『8月の現状』

1.Oh Slime　2.Weather Report　3.ナイトクルージング　4.静かな朝　5.SUNNY BLUE　6.バックビートにのっかって　7.ずっと前　8.それはただの気分さ　9.SEASON　10.Just Thing　11.新しい人

POCH-1719／1998.8.19／POLYDOR K.K.

『98.12.28 男達の別れ』

DISC1／1.Oh Slime　2.ナイトクルージング　3.なんてったの　4.Thank You　5.幸せ者　6.頼りない天使　7.ひこうき　8.IN THE FLIGHT　9.WALKING IN THE RHYTHM　10.Smilin' Days, Summer Holiday　11.MELODY

DISC2／1.ゆらめき IN THE AIR　2.いかれたBaby　3.LONG SEASON

POCH-1855/6／1999.9.29／POLYDOR K.K.

『LONG SEASON '96～7 96.12.26 赤坂BLITZ』

DISC1 ／ 1.Oh Slime　2.Go Go Round This World!　3.なんてったの　4.土曜日の夜　5.バックビートにのっかって　6.エヴリデイ・エヴリナイト　7.SUNNY BLUE　8.Smilin'Days,Summer Holiday　9.すばらしくてNICE CHOICE　10.夜の想い

DISC2／1.ナイトクルージング　2.LONG SEASON

UPCY-7147/8／2016.6.29／UNIVERSAL MUSIC

『若いながらも歴史あり 96.3.2@新宿LIQUID ROOm』

◎DISC1. 1.Oh Slime　2.Smilin' Days, Summer Holiday　3.Thank You　4.土曜日の夜　5.ずっと前　6.SLOW DAYS　7.BABY BLUE　8.忘れちゃうひととき　9.Go Go

フィッシュマンズ・ディスコグラフィー

Album

1st『Chappie, Don't Cry』
1.ひっくりかえってた2人　2.ひこうき　3.Special Night　4.Good Morning　5.夏の思い出　6.Future　7.いなごが飛んでる　8.Go Go Clubですれ違い　9.チャンス　10.ピアノ
PCCA-01182／1998.2.18／PONY CANYON INC.／○再発
Original Release Date: 1991.5.21

2nd『King Master George』
1.いい言葉ちょうだい　2.誰かを捜そう　3.シーフードレストラン　4.影ドロボウ　5.ダイビング　6.ミネラルウォーター　7.なんてったの　8.ハンバーグ　9.100ミリちょっとの　10.頼りない天使　11.トナカイ　12.君だけがダイヤモンド　13.雨男憎まれる　14.土曜日の夜　15.曲目紹介　16.教育
PCCA-01183／1998.2.18／PONY CANYON INC.／○再発
Original Release Date: 1992.10.21

3rd『Neo Yankees' Holiday』
1.RUNNING MAN　2.いかれたBaby　3.Smilin' Days, Summer Holiday　4.エヴリデイ・エヴリナイト　5.疲れない人　6.Just Thing　7.太平洋　8.パラダイス　9.うまく歩けないよ　10.1、2、3、4、　11.Walkin'　12.スー・パー　13.いかれたBaby（Glittering rewinder mix）
PCCAX-00007／1998.3.18／PONY CANYON INC.／○再発
Original Release Date: 1993.7.21

4th『ORANGE』
1.Intro　2.気分　3.忘れちゃうひととき　4.MY LIFE　5.MELODY　6.帰り道　7.感謝（驚）　8.Woofer Girl　9.夜の想い
PCCAX-00010／1998.4.17／PONY CANYON INC.／○再発
Original Release Date: 1994.10.21

5th『Oh! Mountain』
1.Oh! Crime　2.土曜日の夜　3.RUNNING MAN　4.夜の想い　5.エヴリデイ・エヴリナイト　6.Oh! Organ　7.Thank You　8.感謝（驚）　9.ひこうき　10.Blue Summer　11.頼りない天使　12.オアシスへようこそ　13.チャンス　14.いかれたBaby　15.BABY PIANO MIX　16.Oh! Cry
PCCA-01196／1998.4.17／PONY CANYON INC.／○再発
Original Release Date: 1995.3.17

本書は二〇〇六年の新装版を元に、〈特別収録　ファンクラブ会報誌「POOL」内連載コラム「DE LA POET」より〉、及び「増補版　あとがき」を増補しました。

ロングシーズン　増補版
佐藤《さとう》伸治《しんじ》詩集《ししゅう》

二〇〇〇年二月二二日　初版発行
二〇〇六年三月三〇日　新装版初版発行
二〇二一年六月二〇日　増補版初版印刷
二〇二一年六月三〇日　増補版初版発行

著者　佐藤伸治
編集協力　植田亜希子
茂木欣一
発行所　株式会社河出書房新社
〒一五一‐〇〇五一
東京都渋谷区千駄ヶ谷二‐三二‐二
電話〇三‐三四〇四‐一二〇一（営業）
〇三‐三四〇四‐八六一一（編集）
https://www.kawade.co.jp/

装丁　木庭貴信＋角倉織音（オクターヴ）
印刷　三松堂株式会社
製本　小泉製本株式会社

Printed in Japan ISBN978-4-309-02970-2

JASRAC 出 2103841-101